# 情與思。

七等生

【出版前言】

# 削廋卻獨特的靈魂

生命裡不免會有令人感到格格不入的時候，彷彿趔趄著從一眾和自己不同方向的人羣中穿行而過。然而如果那與己相逆的竟是一個時代、甚至是一整個世界，這時又該如何自處？一生以叛逆而前衛的文學藝術屹立於世間浪潮的七等生，就是這樣一位與時代潮流相悖的逆行者。他的創作曾為他所身處的世代帶來巨大的震撼、驚詫、迷惑與躁動，而那也正是世界帶給他孤獨、隔絕和疏離的劇烈迴響。如今這抹削廋卻獨特的靈魂已離我們遠去，但他的小說仍兀自鳴放著它獨有的聲部與旋律。

該怎麼具體描繪七等生的與眾不同？或許可以從其投身創作的時空窺知一二。在他首度發表作品的一九六二年，正是總體社會一意呼應來自威權的集體意識，甚且連文藝創作都被指導必須帶有「戰鬥意味」的滯悶年代。而七等生初登文壇即以刻意違拗的語法，和一個個讓人眩惑、迷離的故事，展現出強烈的個人色彩與自我內在精神。成為當時一片同調的呼聲中，唯一與眾聲迴異的孤鳴者。

也或許因為這樣，讓七等生的作品一直背負著兩極化的評價；好之者稱其拆穿了當時社會表象的虛偽和黑暗面，凸顯出人們在現代文明中的生存困境。惡之者則謂其作品充斥著虛無頹廢的個人主義，乃至於「墮落」、「悖德」云云。然而無論是他故事裡那些孤獨、離羣的邊緣人物，甚或小說語言上對傳統中文書寫的乖違與變造，其實都是意欲脫出既有的社會規範和框架，並且有意識地主動選擇對世界疏離。在那個時代發出這樣的鳴聲，毋寧是一種挑釁，也無怪乎有的人視之為某種異端。另一方面，七等生和他的小說所具備的特殊音色，也不斷在更多後來的讀者之間傳遞、蔓延；那些當時不被接受和瞭解的，後來都成為他超越時代的證明。

儘管小說家此刻已然遠行，但是透過他的文字，我們或許終於能夠再更接近他一點。印刻文學極其有幸承往者意志，進行「七等生全集」的編輯工作，為七等生的小說、詩、散文等畢生創作做最完整的彙集與整理；作品按其寫作年代加以排列，以凸顯其思維與創作軌跡。同時輯錄作者生平重要事件年表，期望藉由作品與生平的並置，讓未來的讀者能瞭解台灣曾經有像七等生如此前衛的小說家，並藉此銘記台灣文學史上最秀異特出的一道風景。

冥想中的七等生，1990年代

1972年《五年集》，自費出版

# 目錄

# 序

對於友人曾經說過寫詩是一樁豪邁舒情的事，於我不知能否做同樣的性情而言？但就生活而言詩是自古而今不變的道理罷。

民國五十四（一九六五）年晚秋離開海邊的小學校奔到台北城後，寄居在木柵二姐夫劉大燈家處，陽光西斜時常獨自沿溝子溪散步。〈詩〉、〈倒影〉、〈狹路〉三首約寫於翌年小陽春雨時節。

後來遷出木柵，先在信義路巷內，後在通化街租一間臥室，某日天黑前意外窺見窗外漫空中盤旋的蝙蝠有感，寫成〈日暮的蝙蝠〉一首，〈黃昏〉則是路經市內公園時坐於樹下石凳草成。偶爾回到木柵二姐夫處小住二、三日時寫出〈週末之夜〉，及對基隆生活的回憶凝就了〈雨霧時節〉。那時，雷、簡、胡三友遇周末偶到雨港來訪，我住在省立醫院對街樓上。一日簡、胡二君相偕前來，正適我闌尾炎割除後第五日，由醫院搬回居所，當夜以兩隻烤雞數瓶酒飲至天明。〈城堡〉一首無疑是在皮鞋店伴有妻的注視下寫成，是我在礦區的小學校生活三年的回憶。每展這詩，無限感傷和悲懷繫於心中；第一次認為很美好的愛情竟莫名其妙地結束在那裡，至今除了自責自譴外，不明是否有其他外因，只待來日由她親自告訴我。

欲想飽餐一頓，我就轉回木柵號二姐夫處；飲食對我，唯二姐親手最合我胃。〈新聞〉一首是在那裡的暫留中速成。

〈白色康乃馨和爵士樂〉一首摘自散文〈冬來花園〉中一節，〈美麗〉一首也寫於斯時。〈美麗〉是我憶及在關子嶺服役期間的大部感觸。

〈在昨夜我們〉，在咖啡室聊坐譜成。那時與《文季》友人初交遊，憶及在服役中的假日回到出生地通霄的愛情遭遇。〈小夜曲〉最初僅前面的數行，在礦區記在紙片上，後來追思彼處的生活而擴展成三個完整段落。

〈嫉妒〉和〈打鬪〉二首來自簡君說出的真實故事。

夾在〈嫉妒〉和〈打鬪〉的〈冬日〉，是我對《文季》停刊後的懷念。武昌街明星咖啡店是當時《文季》友人聚會之地；記得姚教授曾有這樣的話：「你們珍惜這一刻啊，要是散去，不可能再有今日聚集的規模。」如今已應驗其卓灼的先知。

隨〈冬日〉後寫下〈春天沒有〉一首，是思維的聯繫。那年新生戲院焚燒，情景觸人；

和尚王海龍犯姦殺伏法；娛樂界初展姿眉；越南戰況慘烈；台灣試種蘋果成功，皆是不可拭掉的現實世界。

自通化街搬出後，住蘭雅農舍，又遷出蘭雅，住進延平北路。晨曦時分，友朋常帶醉搖搖晃晃地行走在田間小徑，到石牌搭火車回家。懷拙在此之間誕生於一所私立婦產科醫院，母子均安，雷、簡二君來賀，贈錢四百，特念永銘。似應否認人窮無友的說法。後雷君戀愛成熟，奔回高雄與慧美小姐成婚，男才女貌最適他們夫婦兩人。

失業多年了，生活依然無處歸依，窘困之狀使我悔不當初貿然離職。考進廣告公司企劃，上班三日就作罷。到《經濟日報》當會議速寫，好景卻不長。為咖啡室的僕役一月，領薪九百，是經歷上的一個嚴肅笑料。一日與《文季》友人參加中國文化學院學生的一次演講會，共推雷君駁斥時下文學使命感的偽善面。事前曾與雷君談到使命感的自發性，必須要有真實的生活體驗，及對文史的真確認識。這與世紀末國人倡明哲自保，實底下是個人趨勢好利的偽哲學不相謀合。生命只有一個，在同時空中容兼出世入世之格，令人反感。微學則談出世，居優又談入世，唯此輩才有這種了不起的說法。繼承傳統不是銜名掛牌，只有不斷改革創新一途。處世立身個有異趣，無硬性標準。執法公正，崇尚自由尊重別人，發揮個性，才有存在可言。我想東方的文學，此時還是不脫支持社會的公義的主流。

罷職咖啡室後，租居承德路的六蓆榻榻米，懷拙寄台大托兒所，寫〈現在只剩下空漠〉。為申請教職，被有關機構搬弄四處奔走。又有藉某名譽前來索價八仟者，是一位戴眼鏡牧師自稱和另位黑膚漢子，說先付半數事成再付半數，眼可見到已是赤貧，何來大錢八仟，貪饞混蛋之極致，使我不勝怒吼，揮動正在作畫的彩筆下逐客令。為生活與妻齟齬。寫〈十四行〉。為出文集又被仙人掌愚弄了一番。胡君一年兵役滿自金門歸來，贈我高粱美酒數瓶，又與他海外歸來的同窗共赴淡水暢飲。寫〈告密者〉，再搬到天母住，時在民國五十七年夏末。

一日與妻吵架，避居在簡君破舊的宿舍內三四日，寫〈牙痛〉。回憶在咖啡室當職，譜成〈在黑色沙龍〉。當時有一位詩人，知我名為七君，不明何故，每夜均前來挑言侮辱，不可理喻之極。

有一次民間節慶，攜眷回木柵二姐夫處填飽肚腸，寫〈這是不能〉。小書此時竟誕生到這不適舒的世界來了。是喜又是憂。

由於不辱於賄賂，謀教職始終無望，遂離台北；捨城市走高山。一年後輾轉而回到本籍的通霄來，時在民國五十九（一九七〇）年青年節，抵家門時，日落黃昏春雨飄落，心身皆感困頓。是年九月末復職事成，感謝綿雲隙縫之青天，派於鄉下小學校，生活始定下來。第二年〈值夜〉一首譜成。幸雄君偶來通霄敘飲，離城後與朋友均斷音訊，知道我回家，相偕前來探望，紛亂的情緒不能言盡。

就在這工作之餘，整理此集。詩不計好與壞，只求意達，且最能寓言五年之間我的愚昧之嘲的黯淡生涯。

對於友人曾經說過寫詩是一樁豪邁舒情的事，於我不知能否做同樣的性情而言？但就生活而言詩是自古而今不變的道理罷。是之為序。

民國六十一（一九七一）年仲夏
於通霄舊屋

（本文為一九七二年《五年集》自序）

# 紫茶

我妒慕的情火
不能比你更酸
我的心也需要
你來染紅

一九六四、三、三十

緣由：民國五十三年我服役於軍旅中，連隊奉派赴關子嶺修築道路，每日黃昏士兵三五成羣到火洞沐浴和飲茶。此處有一特別的茶品曰紫茶，色紅味酸，與善談笑之女服務生閒聊共度。某女性詭奇，信佛，虔誠，常於黃昏舉香三步一拜至清雲寺。日久我與她相好，我常趁深夜官兵休憩之時，偷偷溜出營帳，奔走山嶺小徑與她單獨幽會。修路完成，部隊調回嘉義，某日我重訪火洞，其女已不在那裡供職離開，詢問亦不知她走往何地。

# 詩

晌午
坦途中
我不能殘酷地越過
有權擁有一隻
紅黃白三色傘
白色鑲著黑袖邊的襯衣
綠色百褶裙
適足紅軟鞋
握著淋漓冰棒
沾涼朱唇
的
女跛者

有時
我曾繞路
也不讓她查覺
我內心的
卑劣

但佔有
且蹂躪
起伏在
黑色中的誘惑
那是當然的

# 倒影

黑木舟的
掌槳者撒網者的
火爐和煱
蠟燭和杯盤
睡蓆和岸上
他們的女人
構成一羣
逃闖
的
魚

# 狹路

綠色郵車
掛著擴音器的三輪
（唱歌宣傳電影片）
運什貨的鐵牛
兩個頭戴布包笠帽的婦人
肩挑蔬菜籃
我和你
停在那裡
祈望日落前
變成一隻鳥
回家

# 日暮的蝙蝠

窗幕拉開
沒有水平線
有急行的黑物
交織著視覺

它衝入畫面
再折回去
亮麗的藍空
原無一凝物

天空彷彿藏有詭險

懼慮不平的飛行
雖無音響傳來
視覺深深被烙印著

東方削瘦的廣眾
抬起頭來睹注
日色漸晦中盲的蝙蝠
意義曖昧的穿掠到底為什麼

長時候守
無射入
無遙涯飛去的
一隻

牠們棲息在不見的四周
輪番失射，截角
冷傲滑翔，頓翅諧跛
在這口黃框戲台

經書上記載
神祕不詳的鬼物
選擇暖和的春天
來撕裂這窗框世界

不堪黑斧騷擾
放下簾幕遮蓋
再度展開
稍待黑夜

# 黃昏

你是一棵有細細的葉子的樹
所掌頂的橙色天空
你是口中咬嚼燒餅滿足地
在公園徑上散步的腳
你是聆聽五點三十分
電台流行歌曲的木椅
你是急行回家的汽車
你是勤奮不休的網球手
以及網外停步的男女
你是閃閃不已的城市霓虹燈
你是靜靜失去效用的屋後日規儀
你是幾片在午後落下來

靜息的縐縮枯葉
你是更加溫柔的
少女的美眼
你是饑餓的肚腸
你是看得見的家

你是我那真我的形態
你是跛著痛苦的感覺
你是浪人的哀曲
你是赴宴的衣裳
你是羣狗急遽尋覓的
晚餐

你是我瘦麻的手臂
是我悽慘的晚年景色
啊黃昏，你再一次為生命閉幕
永遠扮著背景這個角色
你是我的眼睛望得見的

真實的夢
你是我最懼怕的死亡
你是陣陣徐來的涼風

# 週末之夜

從午後誕生
眺望變色的天幕
準備為燔祭
獻上我的肉體

那包縛著海馬克西服
潔白的綢襯衫
東京來的花領帶
德國皮鞋
袖釦閃亮
如華德氏卡通的狼
踏出巢居和他習慣的睡眠

已十分整齊
充滿價值

如摟引著
磁的細長花瓶
走進粵菜館
走出粵菜館
走進戲院
走出戲院
走進咖啡室
走出咖啡室
走進公園
走出公園
把假愛扮成真愛的你
不是這世界唯一的人
想獨自霸佔
眾人所喜愛的

或者你本不容易
接受勸告
當然誰不相信
明天是
星期天

不要認真
回家去睡覺
可是這燔祭
是你供奉的
就得依然下手
宰了你

# 雨霧時節

雨霧時節
百花殘落著
懷孕四月的死嬰
佝僂墜落
記不得有誰
坐於病室床邊
削一只蘋果
使黃昏準時降臨
時間顯示意義

炎夏已至
晨陽普照階台

懶得起床刷洗
陰戶充盈著屬於
合法的男人的精液
誰在後房獨臥
沉默，萎縮和哀傷
像寄生蟲
不敢前來

雨霧時節
百花殘落著
懷孕四月的死嬰
佝僂墜落
記得去年有誰
坐於病室床邊
削一只蘋果
使黃昏準時降臨
時間顯示意義

# 城堡

石屋疊砌在石坡
褐色來自西陽
在朵雲和晴朗的秋空下
幻想一座王子城

曾是希望之物
像夢中的鑽石
但喜悅，快樂和志願
在攀高的腳步移近時
轉變醜陋而降冷
任何對它觀望的
都與環繞它的羣山

構成若是地球
月亮和太陽的關係
使牆垣在小徑的望遠中
時有盈蝕

黃昏的煙梟，不規的窗
對那羣疲倦、沉默
無望的淘金者後裔
產生雙重的饑餓
粗石、頹牆、瓦礫和垃圾
令遊客寄居者
由文明中退縮
燈盞模仿鑽石之光
夜晚容易因愛情說謊
有一個時辰
這山城景色
專屬於憂鬱和幻想的男人
可是，那金色輪廓下

瀰漫的藍霧
出現在冬季的清晨

任何時候站在
守護者山畔
都感覺到空際繞盪著
宗教諧樂的微塵
心中充滿懷念的靜謐
但在歸路石階
遇到的是綠苔石牆
漆黑的屋頂
頹敗和冷濕
守候在窄巷角落

陽台柵下
鼓樂隊走過
死者的軀體抬過
送行人走過

# 新聞

通往堤岸的
主要道路上
派系的糾葛
並非沒有

教授和徵來的未婚妻
栽了的扶桑花和千里香
放入修政主義模子裡
獲得橫掃性的勝利

平臥在甬道上，一輛汽車
被相當程度的損壞

現在很明白，有些地方
委實別具一格

十三歲以
優美的成績
考入天然式
獸檻

一不願道出身份的過來人
沒有人去理睬已經半年多了
一條街範圍內房屋的玻璃
不再是革命的聖地

母大蟲擅長的
蕭邦夜曲
涉嫌強姦
妨害自由

發行人
毗鄰
憤怒的
羣眾

慈聖宮前公有土坡地
一設計新穎的高級花園住宅
警衛森嚴
謹此敬告

非暴力運動份子的
女郎被面擱
我也相信那不能
視為誠正

成功的因素之一
投資率低於百分之六
高於百分之八時

以喜劇收場

最有辯才最受尊敬的
發言人，在美國眠床
枱燈之旁絕跡
老牌打字機罷工

戰鬥轟炸機
已供應
清明節
市場需要

俱樂部
軟禁
掌中戲中
討厭的人
舞弊和受賄

架起路障
在現代畫拍賣場中
互望了一眼

誣控傷殘兒童的議會
原是無法辨識
周遭世界的
間諜小說迷

# 美麗

你是他
一定痛恨
有人用腳
踩踏你

人
不比
蛇
美麗

# 白色康乃馨和爵士樂

晌午冬季的
似感覺中
夏季的
初晨

廳堂泥面放映
庭前葡萄架上
兩片菱形的枝葉
影子的光幕
如蜘蛛網般
薄薄的
瘦瘦的

東海的
花園主人
外出去
寄信

爵士樂繚繞著
一朵孤寂的白色康乃馨
即興般地
魔惑著的

# 在昨夜我們

在昨夜我們
涉水抵達彼岸
以摟抱和顫怖把守
一間茅草小屋
一條河靜靜地環繞
竹林以及堤岸
都曾警覺
入夜沙使
背脊冰冷

我確曾步入森林
首次感覺

網狀的纏繞
一層窒息之濃霧
似自襯你之海洋上升
雙睛變得盲漠
一個蛇之肌膚
輾過，且漸漸地
在我視界擴展成
浩瀚沉重之天空
壓倒我在
眾樹中央

此後你成為
不可撫觸，彷彿
那悲憤之惡毒
對我不可饒恕
甚至，不能再對
另一個女人的
娓娓聲音網織
夜的真體

# 小夜曲

心愛的，你要來
就趁著這黑夜
木屐聲萬不可驚動
屋子裡睡覺的人
不要裝著小偷般
躲躲藏藏
踏進幽會的屋宇
也要大方
誰人不知你為愛情
啊心愛的，趁著這黑夜
你來

心愛的，我們逃走
就趁著這黑夜
為何你的臉今晚
像颱風前的天空
誰抓傷你的頰
撕碎襯衫
把髮上的花結取去
在你純潔的心上
踩踏
啊心愛的，趁著這黑夜
我們逃走

心愛的，再見
就趁著還黑暗
我必須趕快回到
他的身旁
我們還會相見在
一個沒有月光的晚上

愛情需要
容忍和勇敢
誰人不知你為愛情
啊心愛的，趁著還黑暗
再見

# 嫉妒

時令步入冬季
每天上午他們
帶至一間木造房屋
聽講政治課程
其中的一根梁柱
築有一巢燕窩
禮服修整
黑白相間之
一對燕子親密地在
那裡廝守
我不知道
為什麼所有的

春天由南方來
秋天歸飛南方
唯獨這一對懶怠
不願鼓翅離開
牠們伶巧可愛的
頭顱伸出又縮入
流轉著圓珠猜疑
牠們光著頭部靜坐在
那裡讀書

空氣中自由劃著
銀痕的華爾滋
灰色在交錯
歡欣天真而又冒險
首先有一位
輕怯地拋帽
然後有兩個
照做，幻想飛燕

來碰

這樣一天
一天拋擲者
越來越多
居然不約而同鼓起
菌菇之嘩然
整個室內沒有
不冒出彷彿為
下凡的天使歡呼
拋上帽子

越飛越快已經
不再輕鬆
折來射去酷似
逃竄的飛機
不知什麼緣故對於
干涉一對自由的燕子

如此興致勃勃
空中之滾帽
此升彼落
呼聲中之盆雨
煞那間有一聲
合唱之嘆息
空間成為無限
遼闊和靜寂
其中一隻斜斜地
斜斜地墜落
而去

# 冬日

台北有一間麵包店
二樓午後生意興隆
供應熱咖啡冰紅茶
火腿蛋炒飯
人們喜歡那裡
典雅的色調
西班牙民歌
偶然也應和時尚
播幾首尊．貝絲
迷人的憂鬱民謠
男孩子事業家打扮
年輕少女穿著流行的

網線絲襪
迷你裙和酒杯跟
其實白天太光亮
何必在太陽下盛裝
一簇衣著隨便的
異國人聚集角落
圍著方桌看起來
更純樸
更合理
更沉著

後門外隔著一道
石泥矮柵
冬日的陽光非常的
溫煦可愛
盤飛的鴿羣閃耀
腋下的白色
粗糙紅磚牆

天線和黑色的屋頂
煙窗冒著濃烈的灰煙
不定的風向
距室內餐桌不遠
那塊踏來踏去的
塑膠墊一隻貼地的
蟑螂折傷了翅膀
從早晨至午後在
那個地方

他們來了
在三樓這一間常見
他們傲岸的蹤影
啜咖啡談現代文學
咬煙斗學白俄吃
黑麵包
有一本文學季刊
拿起來嚴肅正派

但銷路少
這樣熱鬧
雖然志氣都被
一網打盡
心中不免憐憫
喟嘆一個獨坐者的
孤寂可是合羣
又有多少樂趣

突然整座樓
空空洞洞沒有音樂
沒有語聲和
迷失的一代
沒有幸福的一代
一位面朝後門靜坐的
男子桌上斜放一本
詹姆斯的碧廬冤孽
似乎與書中那位

韓普郡來的女孩
同樣患了性變態
到底是人們把他撇下
還是他背叛了他們
一陣柔風把半邊門
緩緩地帶上
輕輕地叩一響
透過紗簾
外面已灰暗

# 打鬪

有一條河
河床寬廣
絕壁兩岸
山像蛇腹
蜿蜒天空
一條潺流經過
幽深而靜寂
一部挖土機
許久前即停於彼
未來還要長久留駐
未曾目睹馬達發動
似壞心眼的

大怪獸

在水邊沙地
他們坐於小木凳
列隊齊整朝望
河水和岸上山巔
從來就沒有
教官來教他們
每天太陽光
強烈地照耀
開始時他們
欣表歡喜
自由抽煙
大聲論說女人
儼如一羣小蟻
圍在彼聚

日復一日熱興

逐漸地弱滅
僅僅朝望河水和
岸上山巔
據說靜靜的河流
屢次地吞沒人
連屍體都難尋
他們變得僵硬
嘴唇乾枯
呼吸滯遲
手臂麻痺
彎捲的煙灰
無聲地下墜

這種靜默像
瘟疫一個
傳播一個
坐著不能
感情濃縮語聲

有一天
終止任誰
也不吐出
一個字僅僅
朝望河水和
岸上山巔

# 春天沒有

春天沒有
希望雨季
睡蓆孵出白蟲
市場昂貴的青菜
四處高樓皆火燒
春天痲疹長在
幼孩兒嫩白皮膚上
後腦勺墊冰袋
保齡球館擠滿了
華僑和商人太太
凡有理想皆有人
打擊掉

有一種人在春天
習慣咖啡室
閒聊在家中
誘姦女傭
春天也許令人
嚮往有錢
愁悶的搬運伕
蹲門檻
不出戶的娼妓
分有貴賤假如
萬物皆蠢動
那是不幸
惡憎死刑

喂，縣市長的
選情何如議員都是
十幾年前舊人
春天拒絕

所有的不善
友情患胃和
十二指腸潰瘍
黃昏後散步
娛樂巷愧遇事業
發達的老同鄉
春天是人類的
死亡和腐朽
本鄉土地長著
酸蘋果
世界有激烈的
沼澤戰鬪
櫻花開在遙遠的山上
沒有知更鳥
也少有陽光

# 現在只剩下空漠

現在只剩下空漠
鞏固合法的親情
生活回到秩序
照舊若無其事
去餐館進電影院
親親孩子的臉
時間最能證明
最能辨識
憂鬱的眼神
最能驅走願望
推倒誓言的碑石

三月天氣
變得暖和
垃圾清出來把窒悶
從吊燈的地下室
趕出一個懦夫
在散步無慾又無目的
也是有意遇到
也需裝得像
普通友人
認識不久
僅僅共事一家
人壽保險公司

假如要在二月
談愛要在乎
天氣和環境
那整個月份
不輟的雨水

淋漓不乾淨
每一時刻都有可能
打電話來查詢
是否守住櫃台
不能攜手不敢親吻
只能流淚水其實
女人都不貞
感情單純永恆
被判死刑情人
放逐更遠

# 十四行

想像力豐富的季節
已經是四月
午前的氣溫
伴著變更
請問百合回來否
哦原來工廠催迫
女工加夜班
告訴他煤氣用完
前二小時打電話
呼煤氣公司
大概這條巷
又在挖坑

載貨的汽車
駛不進入

# 告密者

有件事還是說出來
妹妹抱回的白毛小狗
大概水土不合
長著瘰癧全身發臭
兩年中不親密地
共同生活
昨天誤吃
鄰居的鼠藥
回天國
　漂亮的女人
　是告密者
　漂亮的女人

是告密者

我有一位哥哥
愛做白日夢
日夜盼望出版
詩集一本沒有錢
沒有出版商問津
星期日溜進公司打字
星期一我被叫去詢問
上司恐嚇我
把稿子沒收

漂亮的女人
是告密者
漂亮的女人
是告密者

姐姐是個窮人婦
初嫁時曾遭婆娘凌辱

有位好心人送她
一張舊彈簧床她想
轉售為孩子買衣裳
一位拖車伕把它
拉出巷幹伊娘
他拖走了
沒回轉

漂亮的女人
是告密者
漂亮的女人
是告密者

# 牙痛

屋內陰影多
燈罩破洞
屋外汽車聲
沙塵由窗入
黑色燈頭
靜靜垂下
將悲憤冷藏
把好的留下
次等的結標籤
貼郵票
由航空寄給
美國愛俄華

文學教授
安格爾

天花板是
抽象畫
炎夏已至
舊棉襖捲袖子
棕色照片蒙沙塵
牙膏擠掉
電插頭鬆掉了

晌午出去
深夜回來
如是一隻狼
除了吃
沒原則
星期六
不上課

# 在黑色沙龍

在黑色沙龍
最年輕的女孩
探索真理和愛情
臉上露出對
誘惑拒絕對
誠摯微笑
銜煙隻吐煙霧
胸膛容積的氣體
剛由家庭學校吸入
在黑色沙龍
薄薄的衣衫隱約
白色黎果的影子

長黑髮
藍彩的眼眶
大睫毛
灰色油彩

在黑色沙龍
從他的頭頂說起
留分頭抹重油
穿西裝結領帶
學名士派
披風衣
把黑色雨傘
當拐杖
在黑色沙龍
未見他穿過
中國裝有一首
懷鄉病的詩在
開頭引用宋詞

以壯悲憤他
愛國家愛民族
已到發瘋地步

# 這是不能

這是不能
避免生活形式
干涉忠貞本質
誰能否認凡事
皆由一隻
白毛矮腳狗的
失蹤引起
諸多事件
都注定要
發生在晚上
很少例外只要
男人同時

都是電匠紛擾
已經解決一半

希望某些事
應有回轉可能
她告訴庭上控他
誘姦十四次
凡所說的不是
等於事實曾經
發生了什麼
請在此地注意
趣味問題丈夫
不能再忍受
現在不動手
是不可以購用
一部嬰兒車
推上幼稚園

# 值夜

一

吃過晚飯，走出家門，
夜等著我步入。是一個
怎樣的夜？我無權計意；
我喜愛的亦無從選取。
此時正值冬季，春節
剛過後，它顯出陰暗
不高興的氣象；難以置信
曆書如此誌記？我走向
它深邃險惡的地域：
在這村落中，颳掃著

帶沙的冷風，巨樹排成黑牆，
空曠裡似有樣像。我將
如一具冰冷的僵屍，
孤獨地睡著；睜開眼睛
且諦聽一切動靜。
但我不能明瞭為何
將渾沌無疆的巨物
交給一個渺小的男子？
看管它，且與它為伴；
而它靜靜地凝視如主人，
無動於我膽怯的哀吟。
它規律地遵循分秒的律令，
我在它逍然的幻變中，
飽嘗各種虛驚。它將我
全體摟在懷裡，任由我
蠢動扭曲；它沉默如無，
而我心中存有異象的盼望。

## 二

如此歷經萬年，
它恆如此對待吾們。
這現象諭示著何事：
能否展露真理的考驗；
或指一項澈骨的侮辱？
愚凡者永不自知，
永遠對它的凌虐默認，
甚或以讚美乞求寬恕，
在面對它時孤單無助。

誰能證明這關係應如此？
如若它反來看守我，
景象當否依然如故？
但我心應會開朗，
我會在廊下高唱。

我注視它如它之視我；
我將直搗它的深奧，
伸展雙臂——
儘情將它環抱。

如若這夜與我是一項職責，
它就是個柔弱無能的孩子。
我為它看守星羣，
勿使它們走失道軌；
我將記錄竊竊飄過的雲彩，
我將感覺氣溫和風向，
它的淚滴……
用一個容器計量。
但在我與它融合之刻，
近旁斜臥著一個——
祂烱烱的目光審視，
會隨時站起奔幾步；
祂發出霹靂的控戒，

以及長聲的憐憫；
祂以削瘦優美的軀身，
看守世界雙方的俱存。

# 跡象

在綠灰牆下
躺著玩具坦克
一隻紙箱裡
雜堆著各式塑膠製品
紅色的電話
開口的空藥箱
而她倒在它們中央
一個女娃，深而圓的大眼
也是塑膠製成
她的狹小胴體酷像隻老鼠
臉孔充脹著血夜
後梳著金色頭髮

她是個美麗的女人
微微地張開紅唇
但是折失了手臂

這些死物恆常如此地
為一個玩膩的男孩
散積在角落
兩堵牆中的一面
深暗地覆著陰影
坦克造禍般橫臥
扯斷了電話線
話筒失掉了
張著希望深凝著
可是那女娃的雙睛
白色中空的板塊
曾經用來砌成屋宇
另有一隻輕巧的鐵鎚
也是塑膠製品

氣球面上印著圖案和人物
他們是否埋藏著過去
屬於建造和快樂？
是的，紅色的刀鞘
光亮的軍刀
全部靜默無言的躺著

藥箱銅皮的表面
印著 HICEE
這與女人的皮膚有關
卻不能醫好胃腸
再看那無生息的女娃罷
高廣的額上閃著亮光
脫掉了手臂
依然帶著天真的微笑
雙睛沒有眨動
固執地瞪著

一九七一

# 秋日偶感

遠眺無佳景
近園頹菊枝
北風帶沙起
厚氣日暉蝕

藝術家是啞巴
如今流行印版畫
不是黑太陽
就是紅月亮

疊羅漢擺黃瓜
上面是鋼筋水泥

現代城市
然後一個氣球
宣傳民族意識
一隻繡花針
尖端是個人

一個小小冷凍室
擠著百萬冰
五百塊錢
一會給教員
一會給警察
像馬戲大觀
玩雜耍

人性多狡猾
瘋子說真話
草場絕牲畜
楓樹如刀插

學者面前白米飯
硬說來自舊磨房
從墓地挖上來
彈彈灰塵
油漆油漆
叫人再穿上

一九七一

# 樂人死了

——憶長兄

樂人死了
從此，他的幽靈
一秒就是千年
無所不在地優遊
但是且看人間有情的友朋
樂隊在前引導
走過沙河上的石橋
在那常受海風侵襲的山丘上

為他選擇了一處
偏僻而遼闊的草地
合乎他孤傲的個性

他在那個地方早晚眺望
海潮的上升和太陽的西墜
可以聽到流行的樂音
從鎮上穿過高大的木麻黃
纏綿在他的周圍
那時他從臥睡中醒來
重憶罹患肺病的生命中
甜美的愛情和不幸的婚姻
耳中聽酒女嬌嗔的笑聲
他也笑了

一九七二

# 戀愛

我們已經把一切說好
走出那個昨夜的屋子
有一個目標
步驟一致
暴風雨未把一切掩蓋
我們曾經出來一下
購備糧食
拉開窗簾對外探視
哦，一個好美又好壞的城市
但我們未被誘騙
好好地守住
緊緊地擁抱

世界已到末日？
他們為死籌設儀式
為生存定價值
我們是固執已見的人
對呈現的現狀否認
我們未死
永遠守住
不走出
而今天已到來
我們已經把一切說好
拉開窗簾
陽光在街道

一九七三

# 海思

撈錨須候潮湧水
白鳥飛低水波邊
青春踩陷岸海泥
黃衫學禪綠草中

旗紅招展西天藍
天空白雲豬油凍
如春潮水滾滾動
火球已漸降海中

覓魚白鳥腳廋走
木麻黃下炊煙濃

帆帳傳出聲笑喜
背嬰女子立海中

金沙轉褐時黃昏
網團長竿吊漁夫
孩童無知猶戲水
黃衫長海高天中

一九七四、五、二十九

# 有什麼能強過黑色

睡倒，冷靜地滑落幽冥
如吸食沁涼的罌粟
這神祕過程如神祕本體
只有死者與至高的神明
賦有共知的體認。

生存如庸浮
死亡的自大之姿
靜謐而靈知
生是連鎖的痛苦
一旦嘗到死亡的甘飴
迷亂而恐懼的心都受到泣憐

對於生存的事實多麼悔恨。

死亡是高明的清醒
這文字貌似醜惡
但境況有無比的美麗
煩瑣已不再侵擾
債務和為它而做的不息勞動
神奇地休止
使燥熱的心轉換清冷
病痛無能再殘害
面部呈現開朗
皺紋平展眉彎如畫
靜靜如玉
容納病菌的軀身
完全放棄。

苦難續留在世上
使死亡感到遺憾

哀傷難對它產生榮光
悲號和淚水是為那層
看不透的面目洗淨驚亂；
自私的人們，稚女和親朋
死者不再屬於你們
倫理的鍊條斷了
義務斷了，斷了
真的痛苦
假的快樂。

死亡腐蝕富人的心
虐待狂的巫師頒佈深黑的恐怖。
死亡對於永恆的死者
接近相親，供他居住
永遠沉睡，靜靜躺著
冷傲不語地思維
化去不美蠕動的形象
留下至美寧靜的精靈。

曾被讚美的美女和英雄
死亡將是他們最嚴酷的懲治
使他們在未離人間之前
變成巫婆和懦夫

有什麼能強過黑色
在這色彩繽紛的世界？
有誰能比它的意志更強硬
在這超人力士充溢的世界？
名譽是堯舜的辛勞
惡名是紂桀的享樂；
那是洗淨的秩序和法則
寬容和自由所織成的公正景致
始能由它透明無垢的引領。

一九七四

# 斷樹吟

它在斷折之處
暴露著哀吟的獰牙
我有如遽聞獸死
想著它曾繁葉遍佈
在未被風浪襲擊之前
美麗壯大，傲視四羣
也老大自尊
但基幹何時腐蝕
有人看見蟻羣入侵
那斷折之處幽明可尋
腐敗鬆弛的肌理
這有何說

自然的大地豈立著眾樹
雜陳著老與幼
自形盤踞
互為爭勝
而它呈露醜形丑貌
處處砍折結疤
新葉橫發不勻
不若它落種的新樹
直伸霄雲。這株斷樹
強風是勢
自毀是因
未能及早鏟除菌魔
擋斥蝕蟻的築窩
凡生存有其運數
當瞥見青枝拖走

一九七四、三、二十一

# 落落之歌

## 一

從一個囂張的市鎮姍姍地走來
我站在沙河海口看日落
天邊有著象形且成羣地急急飄向南方的雲朵
我站在沙河海口看日落
兩岸的木麻黃樹林的清晰的枝幹像不移的羣眾
我站在沙河海口看日落
朔風吹著我的身體吹亂頭髮

使我的雙手插在夾克的袋子裡
滿滿河床是曬紅吹乾的沉默石頭
我站在沙河海口看日落

二

手指捏著一根折斷的稻草
把它放在太陽與半閉的眼睛之間玩弄
眼簾出現陽光長而帶彩色的光芒
我躺在沙河海口看日落

遠處傾斜入沙灘的可憎的碉堡是如此的違逆著風景
我躺在沙河海口看日落

如今失掉了童年，我不能更接近海洋
木麻黃樹林的那邊有咬人的凶狗的巡邏
我躺在沙河海口看日落

回憶久遠的夏日沐浴在海洋中

三

那些沒有坎坷的往日的人們也遺忘了他們喪失了什麼
當那光燦燦的太陽逐漸低移熟落

我們的知識仍是逐時復甦
柏拉圖遠在古希臘如是說

我總是懷著羞愧且低著頭來到這沙河
幻想再幻想，而那裡卻堆積著破敗和腐爛

如今這條河只剩下一小段可供牧牛的柔軟的青草之地
讓我永銘著懷念和對時光禱告

我躺在沙河海口看日落
一個穿拖鞋的農夫逆風牽著牛隻回家

## 四

我躲到漁夫避風的石屏
躺臥在稻草堆裡

明亮而廣大的天空一個細小的銀色形體在移動，不久即消失
對我而言，那不明之物不比太陽使我更覺得奇蹟

我希望那早已失去了連絡的戀人在此石屏下坐著躺著
曬曬太陽看看日落照著大地

現在我在等候 Kohoutek 彗星在夜晚的蒞臨
我是如此地寂寞又如此地豐實

我躲在漁夫避風的石屏
躺臥在稻草堆裡

## 五

如今我猶能憶及那天春節假日的鞭炮聲音
我走到沙河海口看日落

也憶及午餐時的酒醉和滿足的午睡
我走到沙河海口看日落

如今往日的友朋已不再往來，而我又無法忘掉他們
我走到沙河海口看日落

海鷗飛來獻技，俯衝後又揚長而去
我走到沙河海口看日落

太陽愈紅愈大愈落
我不明白雲朵為何奔走

一九七四、一、二十五

# 一隻單獨的白鷺鷥

一隻單獨的白鷺鷥
在冬天的一個黃昏裡
當紅紅大大的太陽快要下去之時
突然飛臨到多石的沙河上空

牠劃過紅紅大大的太陽時
有一個瞬息間的黑影
留下了銘刻般的印象
牠是一隻純白的鷺鷥

牠在多石的沙河上空飛翔
逆著冬季強勁的風寒

單獨一隻，扇著翅膀
斜斜地衝入濃綠綠的樹林

牠又從樹林裡飛出來了
單獨一隻的白鷺鷥
像在尋找什麼顯得慌張
當紅紅大大的太陽快要下去之時

我不知道牠想尋找什麼
也不知道牠叫什麼名字
但牠是一隻單獨的白鷺鷥
終於消失在後面的山頭

我回憶那天
在沙河上空看到的白鷺鷥
在冬天的一個黃昏裡
牠單獨一隻突然飛臨

牠是一隻純白的鷺鷥
劃過紅紅大大的太陽時
有一個瞬息間的黑影
留下了窒息般的印象

我想問牠從那裡飛來
為何那麼匆忙慌張
扇著軟薄的翅膀
當太陽快要下去的時候

我不知道牠叫什麼名字
牠是一隻單獨的白鷺鷥
飛入樹林，又從那裡出來
消失在後面的山頭

他那失羣的樣子
單獨一隻的白鷺鷥
飛臨在多石的沙河時

牠想尋找的是伴侶嗎？

但我沒有做那樣想
因為那天我看到牠時
我正坐在沙河的石頭上歌唱
紅紅大大的太陽快要下去了

因為那是不重要的
在冬天的黃昏中
風寒使得大地顯得蕭索
蛇和某些動物都冬眠了

因為那是過去的事了
牠現在是一隻單獨的白鷺鷥
在紅紅的太陽快要下去時
牛和某些動物都回家了

所以那天在多石的沙河上空

當一隻單獨的白鷺鷥
突然逆著冬季的風寒飛臨時
我想問牠為什麼？

我看得非常清楚
牠在沙河上空轉了數圈
劃過紅紅大大的太陽時
有一個瞬息間的黑影

牠留下了銘刻般的印象
牠是一隻純白的鷺鷥
雙翅軟薄，雙腳向後
飛入濃鬱鬱的樹林

但牠又從樹林裡飛出來時
紅紅大大的太陽快要下去了
我看得非常清楚
牠顛簸地消失在山頭

一隻單獨的白鷺鷥
牠突然飛臨多石的沙河上空時
我回憶那天
正是冬天的一個黃昏

我想問牠從何而來
將要飛向何處去
但牠的影子曾在某一瞬間
把紅紅大大的太陽劃破了

牠沒有告訴我牠是什麼名字
牠只是一隻單獨的白鷺鷥
牠飛出多石的沙河之後
就斜斜地衝入濃綠綠的樹林

當牠又從樹林飛出來時
我想問牠尋找什麼？
牠在風寒中滾跌了數次

就迅速地消失在後面的山頭

我回憶那天
我正坐在沙河的石頭上歌唱
那時紅紅大大的太陽快要下去了
突然一隻單獨的白鷺鷥飛臨

牠是一隻多麼純白的鷺鷥
劃過紅紅大大的太陽的時候
有一個瞬間的黑影
留下了窒息般的印象

一九七四

# 當我躺仰在海邊的草坡

當我躺仰在海邊的草坡
望著樹林的波動
白雲在藍色的天空
鳥羣飛翔而過

有關於你和這世界所發生的事
在這多風的海邊
索索地穿過木麻樹
雲朵的追趕和接合在藍空

強風吵嚷著什麼
白雲形象著什麼

蝙蝠盲飛著什麼
藍天意味著什麼

這是一個春天的下午
我的頭枕在手掌中
有關你及這世界所發生的事
當我躺仰在海邊的草坡

落葉在我的臉上
藍天白雲的形象
綿柔的追趕和接合
我望著樹林的波動

然後我沿著沙河動身
面向東方的山巒
強風穿過木麻黃樹
赤足孩童在河床奔過

海洋的上空覆蓋著烏雲
當我躺仰在海邊的草坡
有關你及這世界所發生的事
鳥羣飛翔而過

柔綿的白雲的形象
在藍天追趕和接合
落葉打在我的胸脯上
強風索索穿過

# 戲謔楊牧

大肚子楊牧
毛線衣是你冬天的上身標誌
眼鏡背後的冷眼珠
最善辨思文詩
又是這樣識故
千里戀思我笑你癡
北斗星後就是那古銅的女子

啤酒桶楊牧
太平洋兩岸孕育你這遊蕩子
好一番冷靜的義理
不彈救贖的臭屁

善於戀愛拙於認輸
請說清楚是花蓮山的氣質
還是那女子的純粹肚腹

六七、十一、九

緣由：近日在報紙副刊讀到楊牧的蘭嶼遊記和訂婚的消息。此二者有新意又有趣。我見識他有兩次，一次約四年前夏天一同吃牛肉麵，一次在去年冬天受邀赴林海音先生的晚宴。以上賦詩只為好玩。

# 隱形人

窗外秋日
一棵木瓜樹
結著青青纍纍的果子
每天早晨我來注視
心數它轉黃的日子
但有一個隱形人
當我離去他便前來
等在我不在的黃昏
一天一個摘去熟黃的果實
直至半個不存。

•

從春到秋
木瓜樹是我的戀人
甚至遠至它的幼孩時
它可愛地為一位老人所植
周圍插著籬竹
囑咐我小心灌注和呵護
但是那隱形人
竟然不勞而獲
捷足先登

•

我因未嘗而傷心。
為此失戀而悲吟；
我的青春已逝去，

不久死亡將降臨。
但我寄語那隱形人
將我赤裸地埋於樹下
為來年滋養木瓜
好讓我在輪迴轉復的宇宙
做為你這貪饞人的魂魄。

# 無題

突然我的心靈招喊著
要我向一個鵲的走去
秋日的陽光高耀如車輪
寂寥而偏僻的灰色小路

那音響在空際清晰可聞
當多節的火車轟隆衝過橋梁
兩岸濃密的水柳林投的護蔭
有一道蠕動無聲的水流

還未長穗的稻葉堅挺如刃鋒
最好不要被疑鄙的眼睛看見

我隱身在褐與綠相雜的樹後
逃過在海岸巡遊的一隻獵狗

於是我悄悄地進入木麻黃樹林
僅僅是一片寧謐就是我的聖地
我站在沙丘的柔軟高頂肅立凝注
那聲音在白波的發生和幻滅間形成

一九七九、十二、二十

# 三月的婚禮

大廈內庭繁殖而多慾的卑草
在冬季的枯黃之後回轉青綠
水池中芭藤在石上翻露蛇腹的碧白
黑而深的洞隙嫩葉像鹿耳聳出驚異

從禮堂大步邁出的是高大的新郎
穿著形同那逝去的祖父的咖啡色服裝
三月的新娘嬌小面帶雀斑
白而薄的紗衣隱約浮露瘦弱的肩膀

沒有音樂卻在空際瀰漫灰靄的倦怠
這高廣建築的前廊的一根橢圓大柱

襯著面露積鬱而圍聚拍照的親族
突然綻放的陽光使椰樹垂葉明亮

如果無人瞭解時光的特定意義
那唯有跳躍奔向的內在生命自知
無法讓人解釋的是股曖昧的情愫
雖然在這換季的月份缺少祝福

一九八〇、三、十

# 五月花公寓

我一步一步踏進那草場
走入那高大而青綠的樹林
我曾移近那河
看見河面緩緩漂流的事物
河水在昏黃中似不清碧
我沿一支流而上在聽到鴨鳴之後
密葉的隙間讓我揣探對岸的深幽
然後我去躺在他們許久前設置的一張固定的木凳朝上觀望

太陽已下去了
在天空留下琥珀的色光
襯著那漸漸變黃的樺樹繁葉

從周遭傳來頻頻的車聲
但蟬鳴更噪擾我回憶起早晨開門睹見的
一對鳥禽驚憂的眼睛
那瘦弱的身軀似已被剝失了層皮
彷彿古代至今猶存的人類凌遲的女體

我離開時樹林已一片灰暗無光
那邊陲之河的鴨羣順流而去
遠處城鎮的燈紅點染水色
我抬頭看看那巨廈整排如牆
那是五月花公寓——寂寞之所
是眾人在夜晚中的夢床

九月一日

# 秋之樹林

秋之樹林
爆發的火柱
晌午的光色
不會乾的草地
捲縮翻滾的落葉

秋之樹林
薄白的殘月
匿跡的松鼠
屏息凝冷的空氣
吸剩的半截煙

昨晨的飛鳥
橫躍公路的花鹿
以及我曾經歷的春夏
都在南方的領域

秋之樹林
垂思的眼光
被抑住的呼喚
乾渴向天的椏枝
無聲歌唱的柳樹

一九八三年寫於愛荷華

# 離去二十行

每個清晨都自雙層的玻璃窗攝取對樹林的綠意當我來時
我更貪婪於愛河的晨容像曾留注過的仰臥的美人的平滑膚波
有一條路在彼岸蜿蜒在高坡引人遐思嚮往可是不知山後是何種模樣
每一次散步都隨興走得太遠終致深感往回頭走得艱難

我赴宴回來在汽車裡驚覺街道所遇到的秋殘
我只能垂首默思當有人用嘆息來傳訴心事的內涵
我已習於愛看校園徑上來來往往的青春體態和面龐
到底何時來何時要走忘掉我是短暫逗留的孑單

一度喜悅於色彩的變換幾次寒雨悵茫當繁葉萎落堆積道旁
現在憑窗凝視的是光禿無奈的枝椏綠地也被黃葉掩埋

據說今冬會有厚雪卻想到松鼠將避何處水上的游鴨又將如何？
蟬鳴絕盡騷叫已去四季輪序何患憂天想到種種家園

啊愛荷華你這歷盡滄桑的婦人我是你挑選的情夫像過往年年
我逐日之食都源自你憂國的情操寬厚的愛崇純的精神你這樣堪勞
河岸羅列的燈盞高懸的月光還有燦紅的落日皆徵你明麗景象
我只是這時光的形影來時不夠從容去時是那麼倉皇匆匆

別了愛荷華長天灰灰遮去高廣的幽藍在這士之月末
別了邂逅的朋胞聚夜漫蓋家常溫情難報酒殤爛愁腸
別了這淘脫的一層頑硬軀殼新嫩的輕身要往南往西飛翔
循來時舊路橫渡因緣那廣水中的島嶼有妻有子是我的故鄉

一九八三年十一月于愛荷華

# 幼稚而脆弱的心嚮往山巒

幼稚而脆弱的心嚮往山巒
在這個早晨盼望山坡草場
他在屋宇外眺望，尋覓佳壤
想到山崗的背後呼吸樹香

灰靄的雲霧使他看不到遠方
他看中一處嫩綠的伏坡在近端
這之間相隔著谷深和林樹
但他不知道通往前去的路
突然這心田變得老邁，跳得遲緩
他的夢做得太久不新穎
不論何時他的幻想都只是個碎片

就像晨間的理念暗淡於夕暮
那豐碩的山野恆常在那裡惑誘
使輕輕的魂魄飛越那谷樹的上空

# 海浴

這心確已不能等候
渴望奔向藍色海洋
整個寒冷的冬日夜
高高站在山上眺望
越過樹尖和鎮上火光

最後一次在海洋沐浴而與之告別；
每年的海浴末期總是令人重複感傷；
在那些日子，沒有遊客
沒有年少的游者
祇有欺詐者在釣魚。
水已轉涼，風沙大

他在沙灘上散步
看那滑落的紅日。
四月即風聞一些訊息
得知誰是今年海浴場的獲標者
這牽連到經營方式和救生風格。
這與他毫無關係，他不是遊客。
雖然離不開要在水中游泳
海浴卻不是他假日的消遣
他以全部心身都投注
全然的心懷屬於所有和存在

他在那裡沒有單純的歡樂或嬉戲
滿懷著孤獨之愛在那裡踱步徘徊
悲哀、幻想、哭泣和歌唱；
他與所有的人保持距離
無需保護可以自由越區
沙灘和樹林是他的天地。

五月來時他癱軟無力似生病
彷若無水之魚，任時間
擺佈其生活的淒寂。
真理之愛的希望使他尚存一息。
而那一天終於來臨
他一路奔跑一路瘋嗬
像要去會見那久別的女人
欲想甜蜜的福田。

不，美女對他雖是至上的事物
但這今夏已不同於昔時日；
他的生命只能親近海洋
他愛它奔向它時心中瘋狂。
跳進水，沉入柔滑蕩漾的質地；
在盛光中，自閃動的金光浮起。

# 夏日之落

樹梢尖體色青綠的幼木麻黃林叢
以淘氣且怪異的形態傾斜著姿蹤
在那平鋪著褐色沙羣的遼闊海岸
從海溝處排向通霄灣的北方伸展

在這整個廣大的視野裡
唉呀，這些無以計數
形成一堵矮牆的可愛樹林
祇是一小片塗色，它們之背後
還有綠綠的山巒和煙囪。
夏季的天空已經做好準備
為這一日的流逝展佈著

哀婉多柔的顯示。

何其悠久而又緩慢的時光啊
海浴場有著舉步艱難的遊客
手攜著滯重行囊，腳踏著軟沙
太陽收斂後，才感覺赤紅肌膚的楚痛
祇有稀疏的幾個本地人默坐
在沙丘的船邊為暮色守候。

吵嚷和蠢動的景幕已經過去
失掉威力凝成血紅的日頭正要沉落
高空借助雲彩展現天堂的盛況
是否孤獨之靈魂才會如此嚮往？

但是尋索和沉思罷，
當面對一個景致時，
如果想從這行徑裡獲得什麼；
這時從西南海洋吹來涼風減輕了負擔，

而那漸去漸遠的潮流足可靜靜的觀望。

一九八二年七月

# 冷默的消遣

漸漸地，降到最冷
浸入肌膚，到最裡
牆外突伏的山嶺
灰薄如紙
和那些覆頭猶如泣婦之相思樹
靜默如斯

消遁或要轉化
幾不可能
當你僵立在簷下
被羣雨圍住
據說黃昏還要更冷

你只能垂眸凝注和聆聽
在牆內的矮樹叢下
一對白頭鳥的
舞踊和唱鳴

一九八三年三月

# 漸行

漸行漸遠
那魂魄驅策著一個形體
漸進那幽深和靜寂
在那高崗的風鳴之地
儘行地俯瞰和觀望
辨識羣山的縱橫走向
突出的稜線像長軀之獸的脊椎
在那起伏蜿蜒之界
與視線交鑲的依然是青綠
一種成區的分色和暴露於秋天的微動
和那大地的不平之象
任憑心馳和眼亮

漸行像歌的行板
像小喇叭吹起的嘹亮的戀歌
道盡了邂逅、承諾和失落
山巒之上的廣闊天宇
那天音無私和無聲
而時光和雲朵遞變著
轉入那森幽的林徑時
清晰可聞悸動的心鳴
合著節奏抬起的腳步
引導迷失的期盼前行

路途上煞然出現
一座涼荒的隆丘
灰暗低頷的小塊墓石
前面是一隻木箱的遺物
四周的坡面散亂著
被火燃焦的草叢灰燼
光景像有情人間的孤獨

漸行已經靠近
山軀柔美的側腹
高大繁茂的樹林腳下
梧桐花繽紛地飄落
鋪蓋著雨後的泥濘
進行中纏綿的哀歌應有休止
歇下那疲倦不情願的贅身
使玲瓏剔透的無形靈魂
在自由的時間世界續行

一九八六年秋末

# 木棉花

灰白的天空上濕氣正濃
山林的綠色臥橫和凝重
那披著鈍刺的青衛的筆直粗幹
稀疏地伸出平衡而無葉的椏枝
預留充裕的空間給
紅和黃交柔均勻的聖杯

那杯底有褚色的托盤
那麼高聳的形象架在沉鬱的春天
這時滿山野的大地稻秧
已被彎腰躡足的農夫播種了
池邊赤裸的荊棘更換了綠衣

修飾齊整的烏秋出現在早晨

肅然起敬地翹首仰望
那不別致而別致的色澤
勾起童年在悶熱的夏季結實的柿子
帶著衝動的情緒涉水過沙河
走著冗長而寂寞的山徑到農舍
探望那愛唱歌謠和任性的敏子

如今每在無風無搖的黃昏
孤瘦的魂魄佇立在山崗之上
目睹那懸掛在對山天空與花同色的太陽
從那俯瞰的河谷的竹林末梢
升起遙遠而熟悉的音樂
由一隻晚鶴從這山拖到那山

# 無題

我在晨午之間信步走向園外的溪邊
沿路的各種花樹都在芽萌
風拂已不再那麼感到寒猒。
走到河地
腳踩石上
傾注諦聽；
先是微弱而離遠
我的眼睛尋索著
低跳的音符似發自於地底
從漫野的石頭穿過低低的草叢
像似呼求也宛若敘述。
我辨悉它的方向

它引誘著我過去
我駐足站立，垂頭凝視
對著它的色澤和形貌沉思。
我的心發出驚異的疑問
彷彿第一次而又是熟知於久遠
這潺潺的溪水
竟然使我溢喜於色
久已封閉的心靈綻開了
現出舒坦和知足。

水的流滑和樂音響徹我的心坎
遍佈於我的全身血液
開啟我腦中的思想
給我新來的慾望。
四周的自然
環繞著灰綠的樹木
石縫中生長的喬草
開著紅花圓而小。

我充滿著憂鬱而卻堅定著希望
懷著孤獨卻以為你在我的身旁。
我沿著溪水流來的路
一步一步邁步而出
跨過水流立在水面的突石
輕緩比步於水邊的沙土
然後登岸徘徊在相思林的深處。
但我又回到水的近旁
為了那情放低訴的聲音
它多麼使我戀慕。

一九八五年三月

# 走獸追鳥

北風吹起時
飛沙如煙龍
遽然間發生
走獸追鳥
在長瀚的沙灘

牠暴奔如虎
迅箭地衝刺
白鳥冉冉飛出
長翅伸開和拍動
在無物阻擋的低空

平靜的樹林裡
風折的椏枝斜橫著
暗藍的枝幹顯得堅硬
它們矗立成列有如站兵
但這海岸卻是世外的沙原

傾聽風聲響自林外
呼嘯的寒意備感孤懷
拂不掉那明麗生動的畫影
心旌的觸發和驚動
來自那幕追趕和騰空

的確，牠的努邁和跨躍
是如此地昂氣和雄美
無法使人深信這只是
灰色帶條斑的皮毛和筋骨
在奔馳中煥發活耀和光彩

但白鳥若無其事的起飛
直翔一段再俯身低翼折彎
如不將異類二物合併觀注
將地面的和天空的連想
就難構成那繪徵的意象

凡事還不是由那瑣細揭開
重重疊疊織成一生的坷哀
在這剩下猶存的幽藍樹林
啊，強風越過林末樹梢
夕光穿透枝幹間的空白

一次又一次地掉頭追趕
有力的腳爪落地和後拋
無垠的褐沙洞陷和窪凹
牠的奮勇之志受人欽敬
且嘆讚那英姿鋼直優美

只見那白鳥棲了又飛
飛了又棲，不曾太在意
彷彿落在各處水邊取汲
而瘦弱和駝背的閒適之軀
裹著一襲樸素無華的白衣

何樣的語句能傳述和抱憾
潮聲騷耳；凶狠的惡水
渾濁地滾捲著；夏季已過
此刻風勢挾帶著沙犖
構成如煙似霧的幻景

僅有樹林裡還能坐下喘息
懶得瞻望未來和回憶過去
讓那存在於空間的靜謐精靈憩眠
這是否要怪罪那霎時的驚心
那無法言傳的睹見和親臨？

一九八六年秋末

# 八月的夜

那夜原比其他的晚上更涼亮
彷彿從開始就在誘惑下醞釀
聽覺裡充塞著不能迴避的歌聲
自屋內傳出，
在園子陰影裡的花草間流轉
是否也激盪到區外的黑暗？

只有高大的樹木不曾動搖；
一盞守夜的水銀燈，
便足使木棉的葉子亮透如玻璃
南洋衫的羽翼已經雕鏤和僵化
椰子樹像嫠婦撥散的頭髮。

天空有雲月的移動。

從交談到散步
自廊柱下到平坦的園子
四周被疏密不齊的樹木環繞著
像是久遠以來精心佈置好了的
就等待這一刻，
把那年輕活潑的女郎引領至樹下

仰望，那盞水銀燈不能另外發音詮釋
她看到的是幻影而不是時光的藝術。
她沒有經驗，更不知歌聲
會刺穿心靈的魂魄
當她自環抱過來的手臂中
驚慌逃脫……

# 霧

誰灑下了灰粒
使遠山的稜線
無法再注視。

南洋杉的葉子
光整明晰得像羽翅
因為沒有背景
而引人注目。

假使現象是它的形體
那麼它隱去的只是記憶
一切都未曾失去。

# 無題

走下坡道，路過農家的稻場
行繞田畦小徑，回眸縛在
櫻桃樹下的一隻黃狗
那褐鐵的鍊索深沉暗鬱地
照著冬陽，隨著那拉扯的身軀
發出喇喇涼涼的音響。
屈身穿過橫倒的竹叢
邁向荒漠的草場，身旁的芒花
已經枯萎垂掉，從溪谷
吹來陣陣寒風撲透胸膛。
抬頭眺望，近山青綠而遠山紫藍
浮面的黃色葉子散綴在

這風景的一角。

走進這被放棄的寧靜地帶
卻洶湧著歷歷的心潮，彷彿那抬起
的年輕面孔，渴望著親俯
而淚水的訴怨，關起廚房門來
相擁哭啕。記憶似一種
不能再用眼睛看見的存在，
使真實的時空成為十足的夢幻。
此刻，只留下這孑然的身子
一步一步仔細諦聽腳下踩踏的落葉
猶如你對我優柔寡斷的責言。

那年的初夏你來了，親愛的人兒
步下漫漫的鐵路火車就淋濕衣衫
在灰暗的黃昏失望地走了。
想想那一切啊，總是寒濕和顫抖
我們在二月裡邂逅；城市的街道

泥濘不淨，在人潮擁擠的廊下穿過
去尋覓一個幽會的處所。然後
無月在湖上泛舟，要非有陪伴者
我想，我們已經傾覆雙亡。
無疑你的命運，你胸有成竹
因此遠渡重洋。

但願我的靈魂能托給這山谷的斑鳩
展翅飛出領域，衝入水面變成海鯨
游向彼岸。記得舊時你歡心就哼唱
那首喬淇女孩似你的寫照。
有鳥兒引領，我也放聲高歌，
但唱著什麼，重山廣水你聽不到。
孤隻的存在，靈魂卻紛擾不堪。
為何，春天已過多時了，
我還在這寒冬裡徘徊？

一九九一年一月五日

# 無題

這些日子來每當走到
山裡岔路口的池塘邊
只得坐下，不是疲累
彷彿為某種失喪而惆悵。
傾額注視那池靛黃水
映著眾樹繁草，空白深處
有移雲；在撩雜的紋線中
尋找伊臉龐的輪廓
在暗影的形塊裡
認可伊體態的姿麗
竟是徒然
使我更加確認：哀哉，

天地萬物有伊已不在。

我知你不會托夢前來，
美妙的精靈不嚇人；
卻不能忘懷那文與語，
來自相隔遙遠的兩地
往返於城之樓和鄉之居。
午夜零時，
電話過來說：現在是快樂時刻
已不會再有人來吵；
你睡了，我不必說對不起
你會容忍我，我要對你說
世界只剩下兩顆原始的心。
我呆傻般地聽著，另一份
心思在驚訝：這豈非人間
最自信和美麗的聲音？

不然，

你就乾脆寫成斜體字
把肋骨捽斷到肺裡去
以及在萬華的寶斗里
擁抱那位狂顛小妓女
一同在吃文蛤薑絲湯
誰付錢都沒有要緊。
然後是評語：「你的文字境界
自小以來是某種時空魅力
對我而言，那份時空
是一種巨大的寂寞。」
是嗎？
你能走進我的思維領域裡
放閑悠遊，有如驕縱自承
在信紙上的草原
只放馬半轀，沒有奔馳。

我起身繞另一頭路走
誰能經得起長時悲憫

為那自棄的可愛女人；
伊遺下的是這個無情世界
惟我獨坐池岸反覆唱吟。
有誰勝扮癡情的蘇爾菲琪
伊是真浪女，斷無歸期；
她非眼前滑入水裡的蛇
我亦不會沉潛與之繾綣。
哼！婉轉唱後心似舒坦
側首隔谷與那紫山對望
焦光的殘餘熟葉和炭幹
為何此國度到處在燒砍
叫孤落者備感蒼楚淒涼。

# 木棉花訊

去年的花朵落盡之後
夏季曾綠葉繁盛，大地
充塞著驕豔多姿的競簇花樹
它隱在棕櫚間在叢林裡

它只維持生命之綠和呼吸在冬天
但人間充滿對小巧花色的寵愛
跳躍不定的鳥羣曾來棲息片刻
風在它的枝椏間流轉而雨曾滑過

直到春天來臨它殘相畢露
犀皮的堅甲裂隙，畢卡索的禽獸

那肥蹼尖爪的葉瓣正在轉黃萎落
醜陋地冒出蝌蚪朝上的褐色苞頭
襯著灰空如原始的生物在風中
像古典的木刻畫平伸著枝枝幹幹
想像裡值可期待的色澤將要綻放
一如往昔被凝注的金杯如詩讚嘆

一九八七年二月二十六日

# 有鳥我遇

有鳥
無聲飛過
一隻白羽雞
抬起紅冠頭

我遇一樵夫
晨霧中挑柴去上市
斜陽裡輕身躍回足
他是誰
他是誰

# 後記

當稿子交給印刷廠排字後，有一日我由工作的學校回家，晚飯後由於心中一直惦念著一個女子的影子，逐躺在床上，孤獨地處在黑漆之中。我想著：今後也許再也寫不出這些富於靈思的詩來了，它們的面目十足地顯示過去那段時間的意義。一個人如何去辨識時間，如不以科學家的冷靜觀點，而以一個追逐生活的凡夫而言，他的存在完全是殊異於其他人的一件事實，當他內心裡充滿了孤獨、寂寞、敗喪且愚蠢的感覺時。常有人追問我生活在過去某一時刻的行徑，要我做某種解釋，我往往是目瞪口呆，不明到底有何事是在那時發生；就是對方反能向我詳述那些細節，我依然無以記憶，造成別人對我的失望。時間已過，無處尋見它的蹤跡，像這樣的情境使我不敢去預測未來所必然也如此發生的事。在天國如遇這般詢及我在地上的生存，我可能會對一切加以否認。

雖然個人不能與天地同生同休，可是詩文、寓言小說的寫作會使我不致產生如上的那種尷尬的場面。譬如以七等生為名，當然真名（父賜的）不是這樣，是為了配稱於寫作發表之用。首先寫作是為要保全自我的記憶且一併對世界的記錄，把我與本來是混在一起的世界試圖分開來，所以筆名對於我，是我對生活中普遍的一切要加以抗辯，尤其在我生活的環境裡，他們幾乎是集體地朝向某種虛假的價值的時候。

在最早我並不能以現在回顧的清醒瞭解這般清楚，在那時，我想是任憑我的本質的反射而做了那種意識的決定。這個集子的詩寫成，我想完全也是這麼一回事罷。那些靈思再不會到來，就是那些語句的選擇和組成，也將不會再度以這等模樣出現。有人會對以往的事加以卑視甚或躲避，像出生貧窮的人對貧窮的憎恨，可是命運長期對我如此酷責的今日，我將愛惜它們，成為出版的真正理由，它們的存在是使我確信那個時間的意義。我這樣說，當然是準備遠遠地避去一切可能的某種對它不利的批評。

批評不能奪去我在那時的一切思維的存在，更不能否絕我在那時的生活。批評的世俗使命無法與個人的生活真實去做比較。有種學說認為宗教來自死亡，宗教強調個人的存在，那麼一種自選的存活應也是來自同樣的逼迫罷。人在死後才確認自己的價值已經太晚，尤其對寫作者是種嘲弄和無意義的事。寫作者只有在此刻確認和思維。死亡可能就是代表絕對的消失，因此不是思維就沒有真正的存有。寫作者和藝術家要在此刻對自我加以確認，不能狂想死後為人讚揚。

個人所思所為實在不足以去和世界的萬物比價。我以我所顯露的殊異之性去與一切其他的殊異之性諧合共存，而不是為了一個整體的世界喪失我的個性。世界的完整靠個別力的協調。而不是以少數人的意志為世界的意志。一個個人是何其渺小，如果沒有賦予自由和生存權，極其容易為自私的集團所吞噬。可是誰來維護生存的權益呢？歷史不是充滿了蹂躪和奴役的事實嗎？不論是一個民族對待另一個民族，或一個個人對待另一個個人，至今情形依然。

假使有人要問我，「喂，老七，你的想法不啻就是一種憂傷嗎？」我會說是的。這原本是來自憂傷的一種想法。憂傷對一個凡夫而言是來自他的生活的事實。但是生活很難以某種實情來代表。人是想依照自己的想法來做事，可是宇宙世界又是依照它的規律在進行著，人對宇宙世界所知有限，便養成依賴和順其自然的性情，當有這樣的藉口時，無疑的，只有助長慾望的伸張了，一個理性的世界便遲遲而不能產生。參照歷史，使我不能對現在的人類抱持太大的希望，一個要遲至更久才能到達的理念，不會在最近就完成。對於不能品嘗成果的人們而言，總是厭言不已，我也是其中的一個。可是事實是如此，就只有盡力而為了。

（本文為一九七二年《五年集》後記）

# 七等生創作年表

| | |
|---|---|
| 一九三九年 | 出生於苗栗通霄。<br>原名劉武雄。父劉天賜，母詹阿金。家中十位子女中排行第五，上有長兄玉明，男性為次子。 |
| 一九四六年 | 入學通霄國小一年級。父親失業，家庭陷入貧困。 |
| 一九五二年 | 考入省立大甲中學初中部一年級。父親逝世，家庭更加貧困。 |
| 一九五五年 | 考入台北師範藝術科。首次接觸海明威作品《老人與海》和史篤姆的《茵夢湖》。 |
| 一九五八年 | 因學校伙食不好，在學生餐廳用筷子敲碗，為了好玩跳上餐桌而遭致勒令退學。兩星期後，由洪文彬教授作保復學。隨後因教材教法不及格重修一年。讀《諸神復活》（雷翁那圖・達文西傳記），惠特曼的《草葉集》，愛不釋手，在學校舉行個人畫展。 |
| 一九五九年 | 師範學校畢業。分派台北縣瑞芳鎮九份國民小學當教師。單車環島旅行。 |
| 一九六二年 | 讀海明威《戰地鐘聲》、《戰地春夢》、《旭日東昇》，和D・H・勞倫斯《查泰萊夫人的情人》。改調萬里國民小學任教。<br>首次在《聯合報》副刊發表短篇小說，在當時主編林海音的鼓勵下，半年內陸續刊登發表〈失業、撲克、炸魷魚〉、〈橋〉、〈圍獵〉、〈午後的男孩〉、〈會議〉、〈白馬〉、〈黑夜的屏息〉、〈早晨〉、〈賊星〉、〈黃昏，再見〉、〈阿里鎊的連金發〉等十一篇小說，以及短篇小說〈躉浮〉、〈狄克、平凡的女人、漁夫〉、散文〈黑眼珠與我（一）〉。 |
| 一九六三年 | 與作家東方白會晤於嘉義鐵路餐廳。 |
| 一九六四年 | 十月退伍，任教萬里國小。<br>在《現代文學》發表短篇小說：〈隱遁的小角色〉、〈讚賞〉、〈綢絲綠巾〉，另有詩〈紫茶〉。 |

| | |
|---|---|
| | 與許玉燕小姐結婚。辭去教職，移居台北。 |
| 一九六五年 | 陸續在《現代文學》和《台灣文藝》雜誌、《徵信》（即《中國時報》前身）副刊發表小說，計有〈獵槍〉、〈來到小鎮的亞茲別〉、〈九月孩子們的帽子〉、〈回鄉的人〉、〈傲視的山〉（《徵信》副刊主編未經同意刪去重要部份）等五則短篇，及中篇〈初見曙光〉。 |
| | 在台中東海花園楊逵家暫住數週。與尉天驄、陳映真、施叔青相識於台北鐵路餐廳，參與創辦《文學季刊》。 |
| 一九六六年 | 短篇〈回鄉的人〉獲第一屆「台灣文學獎」佳作獎。 |
| | 發表〈灰色鳥〉、〈阿水的黃金稻穗〉、〈午後、昨夜、午後〉（後改名〈午後〉）、〈牌戲〉、〈女人〉（即〈傲視的山〉，重新發表於《現代文學》，後改名〈林洛甫〉）、〈夜聲〉等六個短篇，及中篇〈放生鼠〉（《文學季刊》第一期）。還有詩作〈詩〉、〈倒影〉、〈狹路〉及散文〈冬來花園〉（《草原》雜誌）。 |
| | 長子懷拙出生。與妻在皮鞋店工作。到經濟日報社任會議速寫。 |
| 一九六七年 | 短篇〈灰色鳥〉獲頒第二屆「台灣文學獎」佳作獎。 |
| | 發表短篇小說：〈我愛黑眼珠〉、〈私奔〉、〈慚愧〉、〈AB夫婦〉、〈某夜在鹿鎮〉、〈結婚〉。中篇小說：〈精神病患〉。散文：〈黑眼珠與我（二）〉。 |
| 一九六八年 | 發表短篇小說：〈真實〉、〈跳遠選手退休了〉、〈天使〉、〈誇耀〉、〈碉堡〉、〈父親之死〉、〈浪子〉、〈僵局〉、〈虔誠之日〉、〈我的戀人〉、〈俘虜〉、〈爭執〉、〈呆板〉、〈空心球〉等。詩：〈美麗〉、〈在昨夜我們〉、〈小夜曲〉、〈嫉妒〉、〈冬日〉、〈打鬪〉、〈春天沒有〉、〈現在只剩下空漠〉、〈十四行〉、〈告密者〉、〈牙痛〉、〈在黑色沙龍〉、〈這是不能〉等。 |

| | |
|---|---|
| 一九六九年 | 女兒小書出生；九月，離開台北獨往霧社，任教萬大發電廠分校。<br>發表〈木塊〉、〈回響〉、〈希臘．希臘〉、〈十七章〉（後改名〈分道〉）等四篇小說。<br>出版小說集《僵局》（林白出版社）。 |
| 一九七〇年 | 回故鄉通霄定居，並於通霄城中國小任教。<br>發表〈訪問〉、〈銀幣〉、〈海灣〉、〈來罷，爸爸給你說個故事〉等四個短篇。<br>出版小說集《放生鼠》（大林出版社）。 |
| 一九七一年 | 發表〈絲瓜布〉、〈流徙〉、〈離開〉、〈笑容〉、〈墓場〉、〈漫遊者〉、〈禁足的海岸〉、〈眼〉等八則短篇；中篇〈巨蟹一～十〉（《文學雙月刊》第一期，後改名〈巨蟹集〉）。另有詩〈值夜〉、〈跡象〉、〈秋日偶感〉；散文〈棕膚少女〉、〈兩個月亮〉等。 |
| 一九七二年 | 發表短篇〈期待白馬而顯現唐倩〉，及中篇〈離城記〉、〈無葉之樹集〉（《現代文學》第五一期），另有詩〈樂人死了〉；評論〈維護〉等。<br>出版小說集《巨蟹集》（新風出版社），自費出版詩集《五年集》。 |
| 一九七三年 | 次子保羅出生。<br>發表〈聖月芬〉、〈自喪者〉、〈在山谷〉、〈在霧社〉等四則短篇小說，另有詩〈戀愛〉。<br>出版小說《離城記》（晨鐘出版社）。 |
| 一九七四年 | 創作長篇小說〈削廋的靈魂〉；發表〈睡衣〉、〈年輕博士的劍法〉、〈蘇君夢鳳〉等三則短篇。另有詩〈有什麼能強過黑色〉、〈海思〉、〈斷樹吟〉、〈落落之歌〉、〈一隻單獨的白鷺鷥〉等。 |

| | |
|---|---|
| 一九七五年 | 發表小說〈余索式怪誕〉、撰寫〈沙河悲歌〉；散文〈致愛書簡〉；詩〈當我躺仰在海邊的草坡〉。 |
| 一九七六年 | 短篇〈大榕樹〉獲得第一屆聯合報小說獎佳作獎。 |
| | 創作中篇小說〈隱遁者〉。發表〈大榕樹〉、〈德次郎〉、〈貓〉三則短篇。散文：〈真確的信念〉、〈寫作者的職責〉（《沙河悲歌》出版前言）。 |
| | 出版《來到小鎮的亞茲別》、《我愛黑眼珠》、《沙河悲歌》、《僵局》、《隱遁者》、《削廋的靈魂》、等六部小說集（遠行出版社）。 |
| | 短篇〈我愛黑眼珠〉收錄於Joseph S.M.Lau,Timothy A.Ross 編 *Chinese Stories from Taiwan：1960～1970*，美國哥倫比亞大學出版。 |
| 一九七七年 | 《小說新潮》創刊，以「七等生小說研究專輯」作為創刊號。與學者梁景峰對談——〈沙河的夢境和真實〉，刊於《台灣文藝》五五期「七等生專輯」。 |
| | 發表長篇小說〈城之迷〉，短篇〈諾言〉、〈美麗的山巒〉、〈逝去的街景〉、〈代罪羔羊〉、〈山像隻怪獸〉、〈復職〉、〈夜湖〉、〈寓言〉等八篇；散文〈喜歡它但不知道它是什麼？〉。 |
| | 出版小說集《放生鼠》、《城之迷》、《白馬》、《情與思》（遠行出版社）。至此七等生首部小全集十本出齊，並有《火獄的自焚——七等生小說論評》專論出版（張恆豪編，遠行出版社），使其成為台灣新文學史發展以來，首位同時有全集與評論集出版的作家。 |
| 一九七八年 | 發表〈散步去黑橋〉、〈小林阿達〉、〈回鄉印象〉、〈迷失的蝶〉、〈白日噩夢〉、〈歸途〉、〈雲雀升起〉等七則短篇；散文〈書簡〉、〈我年輕的時候〉、詩〈戲謔楊牧〉。 |
| | 出版小說集《散步去黑橋》（遠景出版社）。 |

| | |
|---|---|
| 一九七九年 | 發表小說〈銀波翅膀〉、〈途經妙法寺〉、〈夏日故事〉、〈等待巫永森之後〉等四篇。<br>散文〈困窘與屈辱〉、〈愛情是什麼〉、〈河水不回流〉、〈歲末漫談〉、〈聊聊藝術〉。<br>詩〈隱形人〉、〈無題〉等。 |
| | 出版《耶穌的藝術》（洪範書店）。 |
| 一九八〇年 | 暫時停下小說創作。 |
| | 出版《銀波翅膀》小說集（遠景出版社）。 |
| 一九八一年 | 離家搬到坪頂山畔居住。研習攝影和暗房工作。撰寫生活札記。 |
| 一九八二年 | 與美國華盛頓大學研究生安東尼・詹姆斯・典可（Anthony James Demko）通信。 |
| | 發表〈老婦人〉、〈幻象〉、〈憧憬船〉、〈我的小天使〉、〈哭泣的壑丁門〉等五則短篇。 |
| 一九八三年 | 安東尼・詹姆斯・典可以七等生為主題，發表碩士論文：《七等生的內心世界——一個台灣現代作家》（*The Internal world Of Chi-teng Sheng, A Modern Taiwanese Writer*） |
| | 發表〈木鴨、沙馬蟹和牛仔的故事〉、〈李蘭州〉、〈真真和媽媽〉、〈克里辛娜〉、〈行過最後一個秋季〉、〈垃圾〉等短篇小說。 |
| | 應美國愛荷華大學「國際作家工作坊」之邀訪美。 |
| 一九八四年 | 發表〈連體〉、〈環虛〉兩則短篇。 |
| | 出版小說集《老婦人》（洪範書店）。 |

|  |  |
| --- | --- |
| 一九八五年 | 獲中國時報文學推薦獎、吳三連文學獎。 |
| | 澳洲學者凱文・巴略特（Kevin Bartlett）來訪，並帶來論文：《七等生早期短篇小說中的哲學、神學與文學理論》（*Literary Theory, Philosophy and Theology in Chi-teng Sheng's Early Short Stories*）。 |
| | 發表《重回沙河》生活札記（《聯合文學》），長篇小說《譚郎的書信》（《中國時報》），出版《譚郎的書信》（圓神出版社） |
| | 小說〈結婚〉改編為同名電影，由陳坤厚導演，楊慶煌、楊潔玫主演。 |
| 一九八六年 | 出版《重回沙河》（遠景出版社）。 |
| | 舉辦重回沙河札記攝影展（台北環亞畫廊）。 |
| 一九八七年 | 發表小說〈目孔赤〉。 |
| 一九八八年 | 發表小說〈我愛黑眼珠續記〉、電影筆記〈綠光〉。 |
| | 出版小說集《我愛黑眼珠續記》（漢藝色研出版社）。 |
| 一九八九年 | 從小學教師的工作退休，重拾畫筆，在通霄設立工作室。 |
| | 法國巴黎大學研究生白麗詩（Catherime BLAVET）發表碩士論文：〈QI DENGSHENG七等生ECRIVAIN CONTEMPORAIN TAIWAN AIS PRESENTATION ETIRAOUCTIONS〉。 |
| 一九九〇年 | 成功大學歷史語言研究所研究生廖淑芳發表碩士論文〈七等生文體研究〉，指導老師為馬森教授，是台灣第一篇研究七等生的碩士論文。 |

| | |
|---|---|
| 一九九一年 | 出版《兩種文體——阿平之死》（圓神出版社）。<br>舉辦鄉居隨筆粉彩畫個展（台北東之畫廊）。<br>與美國史丹佛大學胡佛研究所漢學家墨子刻（Thomas A. Metzger）相識，成為莫逆之交。 |
| 一九九二年 | 應台北欣賞家藝術中心之邀，舉辦「油畫與一張鉛筆素描」個展。<br>移居花蓮，設繪畫工作室。 |
| 一九九三年 | 法文版《沙河悲歌》出版，Catherime BLAVET 翻譯。<br>出版《七等生集》（前衛出版社）。 |
| 一九九四年 | 移居台北市，在阿波羅大廈畫廊區設畫鋪子。<br>義大利威尼斯大學研究生伊蓮娜・羅基（Elena Roggi）發表碩士論文，並將長篇小說〈跳出學園的圍牆〉（原名：削廋的靈魂）翻譯成義大利文。 |
| 一九九五年 | 結束畫鋪子，歸隱於木柵溝子口。 |
| 一九九六年 | 發表中篇小說〈思慕微微〉（《聯合文學》第一四四期）。 |
| 一九九七年 | 學習彈唱南管。發表中篇小說〈一紙相思〉（《拾穗》第五五八期）。<br>出版《思慕微微》合集（商務印書館），收錄〈灰夏〉、〈草地放屎郎〉等小說。 |
| 一九九八年 | 小說〈結婚〉改編為電視劇，由張中一導演，柯叔元、張鳳書主演。 |

| | |
|---|---|
| 一九九九年 | 國家文化資料館（台南市）展出七等生文稿及出版資料。 |
| | 成功大學中文研究所葉昊謹碩士論文〈七等生書信體小說研究〉通過，吳達芸教授指導。 |
| 二〇〇〇年 | 小說〈沙歌悲歌〉改編成同名電影，由中影公司出品。 |
| 二〇〇二年 | 彰化師大國文研究所陳季嫻碩士論文〈「惡」的書寫——七等生小說研究〉通過，蔣美華教授指導。 |
| 二〇〇三年 | 出版《七等生全集》（遠景出版社），同年宣布封筆。 |
| 二〇〇四年 | 《印刻文學生活誌》「文學原鄉」系列，陳文芬專訪七等生：〈七等生在通霄〉（《印刻文學》第五期）。 |
| 二〇一〇年 | 中正大學中文系蕭義玲教授著《七等生與其作品詮釋：藝術、家園、自我認同》（里仁書局） |
| | 獲第十四屆國家文藝獎。發表得獎感言〈何者藉她發聲呼叫我〉。 |
| 二〇一二年 | 出版《為何堅持？——七等生精選集》（遠景出版社）。 |
| 二〇一五年 | 台北教育大學台灣文化研究所舉辦「七等生文學學術研討會」，並出版《踽行者的背影》會議論文集。 |
| 二〇二〇年 | 十月二十四日病逝，享壽八十一歲。 |
| | 朱賢哲導演以七等生作品《削瘦的靈魂》為名的傳記紀錄片，於第五十七屆金馬影展首映。 |

根據七等生自撰年表編錄

劉懷拙 增補審訂

1963 年 6 月 10 日，七等生與同袍在火洞

1964 年，退伍前的散步

1965 年，與沙究合影

七等生與妻小合影，1970 年

1978 年夏天　　攝影／蘇宗顯

1983 年，於愛荷華「國際作家工作坊」

1983 年七等生在美國肯塔基二妹家

七等生和妻子、外國友人合影

七等生晚年身影，攝於 2019 年 10 月 16 日
圖片提供／目宿媒體

七等生全集 13

INK PUBLISHING

# 情與思

作　　者　七等生
圖片提供　劉懷拙
總 編 輯　初安民
責任編輯　黃子庭　孫家琦　林家鵬　宋敏菁　施淑清　陳健瑜
美術編輯　黃昶憲　陳淑美　林麗華
校　　對　呂佳真　潘貞仁　林沁嫺　林玟君

發 行 人　張書銘
出　　版　INK 印刻文學生活雜誌出版股份有限公司
新北市中和區建一路249號8樓
電話：02-22281626
傳真：02-22281598
e-mail：ink.book@msa.hinet.net
網　　址　舒讀網http://www.inksudu.com.tw

法律顧問　巨鼎博達法律事務所
施竣中律師
總 代 理　成陽出版股份有限公司
電話：03-3589000（代表號）
傳真：03-3556521
郵政劃撥　19785090　印刻文學生活雜誌出版股份有限公司
印　　刷　海王印刷事業股份有限公司

港澳總經銷　泛華發行代理有限公司
地　　址　香港新界將軍澳工業邨駿昌街7號2樓
電　　話　852-27982220
傳　　真　852-27965471
網　　址　www.gccd.com.hk

出版日期　2020年 12 月　初版
I S B N　978-986-387-381-5
978-986-387-382-2（全套）
定　　價　3870 元（套書不分售）



國家圖書館出版品預行編目資料

七等生全集. 13／
情與思/七等生著 -初版. --
新北市 : INK印刻文學, 2020.12 面；　公分
ISBN 978-986-387-381-5(平裝)

863.51　　109017983